台灣小說·青春讀本

文學是文化的精華，起源於生活，扎根於土地。

遠流出版公司

總序

許俊雅

記得十年前我初次看到橫式台灣地圖時，心中充滿驚奇與喜悅，不僅因它像一隻充滿想像的鯨魚，我想最主要的是它打破我平常的慣性認知。我只能大約看出它的輪廓，圖中很多區域不明，煙嵐樹林飄散其間，經緯度雖然沒有現在的地圖清晰，可是也就相對不是那麼機械化。那是一張充滿想像的地圖。

這世界是豐富的，沒有找到的、不確定的，永遠是充滿想像的空間，讓人無限的憧憬。而文學的創作與閱讀也是這樣，作家在創造形式與題材上，不斷向自己挑戰，作品所留下的廣闊想像空間，有待讀者去填補、延續，讀者則因各人不同的境遇、不同的學力、不同的生活經驗，同一部作品因人、因時而有不同的感受、領會，每篇文章具有雙重甚至多重的效果。

然而，近年我深刻感受到人類的想像力與創造力，隨著資訊的發達，影像世界無所不在的侵呑羈占，我們的想像與思考正逐漸在流失之中。想像力的激發與創造力的挖掘，絕非歸功聲光色的電子媒介，而是依賴閱讀，尤其是文學作品的閱讀。因此，我們衷心期待著「文學」能成爲青少年生命的伙件。

青少年透過適合其年齡層的文學作品之閱讀，可以激發其想像力、拓展其生活經驗，使之產生心靈相通的貼切感。這樣的作品，不僅是他們傾訴、表達、質疑、宣洩情感的管道，同時也是開發自我潛能、了解自我，學習尊重他人與自然萬物和諧共處的途徑，通過文學的閱讀、交流，把心靈中美好的因素、崇高的因素調動起來，建立一種對生命的美好信心，及對生活的獨立思考。

我相信文學固然需要想像的翅膀凌空飛翔，但也唯有立於自身的土地上，才能感受到落地時的堅穩踏實。我們要如何認識自身周遭的一切呢？我固執地以爲文學最能說出一個人內心眞正的想法，透過文學去認識一個地方、一個民族、一群生活在這塊土地上的人們，遠比透過閱讀相關的政治經濟方面的報導來得眞切。因此這套《台灣小說·青春讀本》所選的小說，全是台灣作家的作品，這些作品呈現了百年來台灣社會變遷轉型下，台灣人的生活方式、歷史經驗、人生體悟、文化內涵等。

表面上看起來我們是在努力選擇，其實，更多的是不斷的割捨。割捨篇幅太長的小說，割捨隱喻豐富不易為青少年理解的小說。「割捨」，使選編者不免感到遺憾，因為每一位從事文學推廣的工作者，心中總想著帶領讀者進入繁花盛開的花園，而今可能只是帶來小小的盆栽，我們只能先選取這些作家這些作品呈現在你眼前。但有「捨」必然也會有「得」，「捨得」一詞可作如是觀。透過這一盆一盆的花景，我們相信應能引發讀者親身走入大觀園的興趣，而此時種下的文學種籽，值得你用一生的時間去求證、去思索、去體悟。

閱讀之餘，我們向作者致敬，由於他們的努力創作，讓我們有豐富的精神糧食，這時代除了儲存金錢、健康的觀念之餘，我們也要有儲存文學藝術的觀念，才能豐富生活，提昇性靈。我們也向讀者致意，由於你們的閱讀與參與，因此使所有的過程變得更有價值、更有意義。

〔圖片提供者〕
◎頁一〇，前衛出版社提供
◎頁一一右、頁一八，簡義雄提供
◎頁一一左，謝宗榮攝
◎頁一三、頁二四、頁三六左下、頁三七右上、右下、頁四四、頁四五，莊永明提供
◎頁一六、頁一九、頁二一、頁三九、頁五五上、頁六一、頁六二，遠流資料室
◎頁一七，黃智偉攝
◎頁二二，林漢章提供
◎頁三三，吳梅瑛攝
◎頁三六上，國立台灣歷史博物館籌備處提供
◎頁三六右下、頁五五下，台北二二八紀念館提供
◎頁三七左上，長榮中學收藏，台南市文化基金會提供
◎頁三七左下，吳金淼攝

台灣小說·青春讀本 6

先生媽

文／吳濁流　圖／官月淑
策劃／許俊雅　主編／連翠茉　編輯、資料撰寫／吳梅瑛
美術設計／張士勇、倪孟慧、張碧倫

發行人／王榮文
出版發行／遠流出版事業股份有限公司
台北市南昌路2段81號6樓
郵撥／0189456—1 電話／（02）2392-6899
傳眞／（02）2392-6658
著作權顧問／蕭雄淋律師
輸出印刷／中原造像股份有限公司
2006年2月1日　初版一刷　2017年1月20日　初版二刷
ISBN 957-32-5714-9 定價 220 元

YLib 遠流博識網 http://www.ylib.com　E-mail：ylib@ylib.com

先生媽

吳濁流

後院那扇門，咿嗳的響了一聲，開了。裡面走出一個有福相的老太太，穿著尖細的小鞋子，帶了一個丫頭，丫頭手提著竹籃仔，籃仔裡放著三牲和金銀紙香。

門外有一個老乞丐，伸著頭探望，偷看門內的動靜，等候老太太出來。這個乞丐知道老太太每月十五一定要到廟裡燒香。然而他最怕同伴曉得這事，因此極小心的隱密此事，恐怕洩漏。他每到十五那天，一定偷偷到這個後門等候，十年如一日，從來不缺一

激濁揚清的文學運動家

個性剛硬的吳濁流（前排左），在戰爭末期，只能寫皇民文學的時代，他在日本人的監視下，仍冒險完成《胡志明》（後改為《亞細亞的孤兒》）、〈先生媽〉、〈陳大人〉等小說，思考台灣人的出路，描述殖民地中知識分子扭曲掙扎的宿命。

戰後，他創辦《台灣文藝》，並設吳濁流文藝獎，傳續台灣文學的香火。

回。

當下他見到老太太，恰似遇著活仙一樣，恭恭敬敬地迎接。白髮蓬蓬，衣服襤褸補了又補，只有一枝竹杖油光閃閃。他到老太太跟前，馬上發出一種悲哀的聲音：

「先生媽，大慈大悲！」

先生媽聽了憐憫起來，立刻將乞丐的米袋拿來交給丫頭，命令她：

「米量二斗來。」

小腳、繡花鞋

這張照片中的婦女都是綁小腳、著繡花鞋。昔時婦女最高級的鞋就是繡花鞋了，爲配合富家女性小腳彎曲的腳形，繡花鞋的鞋前端往上彎起，類似彎弓的形狀，因此又稱爲弓鞋。通常弓鞋的布面上會精繡著作工細緻的花草紋樣。婦女穿鞋時要先在腳上纏起裹腳布，穿上鞋，最後再套上飾褲遮住裹腳布，爲免飾褲麻煩，有些弓鞋就直接做成長靴形，取代飾褲的功能。

但丫頭躊躇不動。先生媽看了這情形，有點著急，大聲喝道：

「有什麼東西可怕，新發不是我的兒子嗎？零碎東西，不怕他，快快拿來。」

「先生媽對是對的，我總是沒有膽子，一看見先生就驚得要命。」

說著，小心翼翼地進去了。她觀前顧後，看看沒有人在，急急開了米櫃，量米入袋，倉倉皇皇跳出廚房，走到先生媽面前，將手掌撫了一下胸前，纔不那

解纏放足

傳統漢人社會中，只有富裕人家的千金才能綁小腳，穿著尖細的小繡花鞋是地位的象徵。綁小腳是將女孩的腳趾折彎到腳底，用布緊緊纏住，直到腳骨整個變形，成為不良於行的小腳。直到日治時期，西方新思想的進入，使這種殘忍的風俗成為不文明的象徵，知識份子開始鼓吹「放足運動」，成立「天然足會」，舉行「解纏大會」，強調綁小腳是危害人道、違反性別平等的陋俗，鼓勵婦女解放自己的雙腳。圖為天然足會的大會紀念照。

樣怕。因爲廚房就在錢新發房子的隔壁，量米的時候如果給錢新發看見，一定要被他臭罵一頓。他罵人總是把人罵得無容身之地，那管他人的面子。

有一次丫頭量米的時候，忽然遇見錢新發闖進來，他馬上發怒，向丫頭嚇道：

「到底是你最壞了。你不量出去，乞丐如何得到。老太太說一斗，你只量一升就成了。」

丫頭聽了這樣說法，不得不依命量出一升出來。先生媽就問明白這個緣故，馬上發怒罵道：

「蠢極了！」

借了乞丐的杖子，兇兇狂狂一直奔了進去。錢新發尚不知道他的母親發怒，仍在吵吵鬧鬧，說了一篇道理。

「豈有此理，給乞丐普通一杯米最多，那有施一兩斗米的！」

母親聽了這話，不分皂白，用乞丐的杖子亂打一頓罵道：

「新發！你的田租三千多石，一斗米也不肯施，看輕

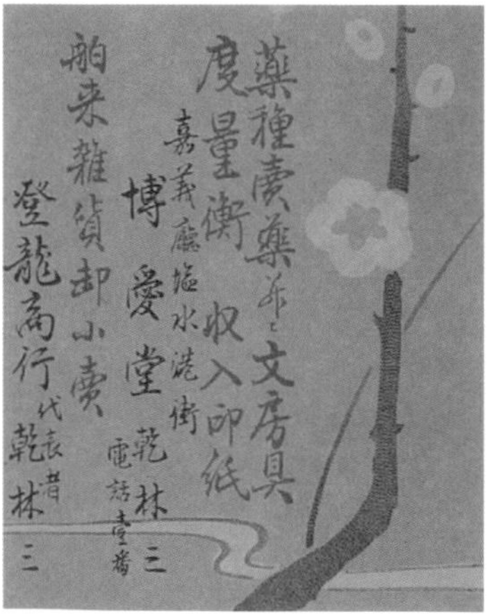

貧人。如果是郡守、課長一來到，就大驚小怪，備肉，備酒，不惜千金款待他們。你成走狗性，看來不是人了。」

罵著，又拿起乞丐的手杖向錢新發打下去。家人嚇得大驚，七舌八嘴向老太太求恕，老太太方纔息怒。錢新發敢怒而不敢言，氣無所出，只怨丫頭生是生非。做人最難，丫頭也無可奈何，不敢逆了老太太，又難順主人，不得不每月到了十五日依然慌慌張張，量出米來交給乞丐。

一斗米有多少？

台灣傳統的量米單位是「斗」、「升」，一直到最近，傳統米店仍然是以「斗」爲量米的單位。斗是容量單位，但一斗究竟有多少，在清朝時因政府沒有製作標準「斗」，各地有所出入，有的村子就設立「公斗」，有爭議時就以公斗爲準。日治時期，政府將「斗」、「尺」、「斤」都改成日式規格，像日制一斗就是十八公升，民間不能私製度量衡器，只有總督府核准的才能販售（右圖），左圖秤錘上即爲總督府核准標記。

後來到了戰局急迫，糧食開始配給，米也配分。先生媽因時局的關係不能施米，不得不用錢代了。丫頭的每月十五日的憂鬱，到了這時候，纔解消。

錢新發是K街的公醫，他最喜歡穿公醫服外出、旅行、大小公事、會葬、出診，不論何時一律穿著公醫服。附近的人沒有一個能夠看見他穿著普通衫褲。他的公醫服常用熨斗燙得齊齊整整像官家一樣，他穿公醫服好把威風擺得像大官一般。他的醫術，並沒有

石與布袋

「石」在古代是量穀物的重量單位。「石」原是「擔」字，爲背負重物之意，一個人一次能背負一布袋的重量，就是一擔（一石）。往昔田租一石就是一布袋的穀子，地主只要算布袋的數量就知道有幾石穀子。至於一石有多重，清代時大約在六十公斤左右。日治時期，政府將一石定爲十斗，「石」成爲容積單位，主要仍用於量米穀。至於布袋，日治時改爲公制，標準的一袋爲五十公斤。戰後，美援的麵粉袋是以英磅計算，再換算成公制，標準一袋是一磅四十五公斤，如圖的普通袋就是半磅二十二公斤。

精通過人，只能算是最普通的，然而他的名聲遠近都知道。這偉大的名聲是經什麼地方來的呢？因爲，他對患者假親切，假好意。百姓們都是老實人，怎能懂得他的箇中文章，個個都認錯了他。於是一傳十，十傳百，所以他的名聲傳得極普遍的。這個名聲得到後，他就能夠發財了，不出十四、五年，賺得三千餘石的家財。錢新發，他是貧苦人出身。在學生時代，他穿的學生服補了又補，縫了又縫，學生們都笑他穿著柔道衣。他的學生服，補得厚厚的，實在像柔道

物資管制

七七事變第二年，台灣進入戰時的總動員體制，不論精神或物質都要動員，左圖即是動員的宣傳單。政府特別設置經濟警察，管制各種違反戰時經濟措施的行爲。當局陸續實施各項物資的管制，對於重要民生必需品採取配給的方式，限制奢侈品的買賣，強制人民儲蓄。控制層面之廣，還規定電影院一天只能放三小時的電影。

衣。這樣的嘲笑使他氣得無言可對，羞得無地自容，但沒有辦法，只得任他人嘲弄了。他學生時代，父親做工度日，母親織帽過夜，纔能夠支持他的學費。他艱難刻苦地過了五年就畢業了。他畢業後，聘娶有錢人的小姐爲妻。叨蒙妻舅們的援助，開了一個私立醫院。開院的時候，又靠著妻舅們的勢力，招待官家紳商和地方有勢者，集會一堂，開了極大的開業祝宴，來宣傳他的醫術。這個宴會，也博得當地人士的好感，收到意外的好成績。於是他愈加小心，凡對病者

節米運動與糧食配給

米糧的順利供應是戰爭時能否勝利的關鍵之一，因此日治後期，殖民當局開始在台灣推行節米運動，盡量減少米糧消耗量，包括推廣用番薯代替米飯的烹調方法、想辦法利用細碎的米屑等。左圖即宣傳節米報國的傳單。當年底太平洋戰爭爆發，戰局吃緊使各項物資管制更加緊迫。台灣隨即實施嚴苛的米穀強制配給措施，規定農戶除了自家食用的米之外，全部都要賣給台灣總督府，收購價格由政府決定，再由總督府決定多少數量供應日本，多少數量分配給民眾。

親親切切，不像是普通開業醫生僅做事務的處置。病者來到，問長問短說閒話。這種閒話與病毫無關係，但是病者聽了也喜歡他的善言。老百姓到來，他就問耕種如何；商人到來，他就問商況怎麼樣；婦人到來，他就迎合女人的心理。

「你的小相公，斯文秀氣，將來一定有官做。」

說的總是奉承的話。

又用同情的態度，向孩子的母親道：

「此病恐怕難醫，恐怕發生肺炎，我想要打針，可是

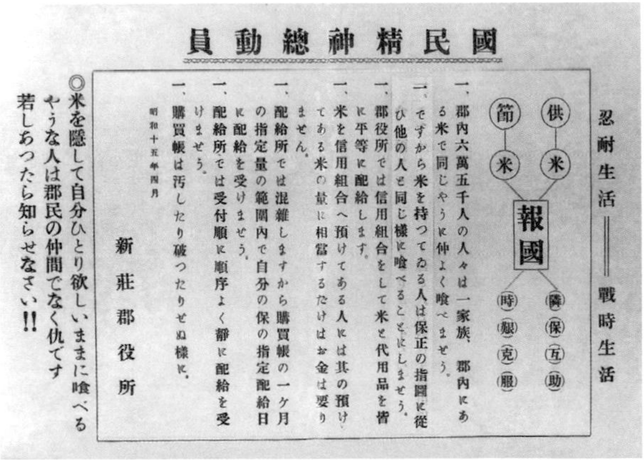

國民精神總動員

忍耐生活──戰時生活

供米　節米　報國　隣保互助　時艱克服

一、郡內六萬五千人の人々は一家族、郡內にある米で同じやうに仲よく喰べませう。

一、ですから米を持つてゐる人は保正の指圖に從ひ他の人も同じ樣に喰べることにしませう。

一、郡役所では信用組合をして米と代用品を皆に平等に配給します。

一、米を信用組合へ預けてある人には其の預けてある米の量に相當するだけはお金は要りません。

一、配給所では混雜しますから購買帳の一ケ月の指定量の範圍內で自分の保の指定配給日に配給を受けませう。

一、配給所では受付順に順序よく靜に配給を受けませう。

一、購買帳は汚したり破つたりせぬ樣に。

昭和十五年四月

新莊郡役所

◎米を隱して自分ひとり欲しいままに喰べるやうな人は郡民の仲間でなく仇です若しあつたら知らせなさい!!

打針價錢太高，不敢決定，不知尊意如何？」

他用甜言商量，鄉下人聽見孩子的病厲害，又聽見這些甜言順耳的話，多麼高價的打針費，也情願傾囊照付。

錢新發不但這樣宣傳，他出診的時候，對人無論童叟，一樣低頭敬禮；若坐轎，到了崎嶇的地方也不辭勞苦，下轎自走，這也博得轎夫和老百姓的好感。

他在家裡有閒的時候，把來訪問的算命先生和親善

公衛尖兵——公醫

日治初期，日本將鴉片問題列爲台灣重大陋習，爲了治療有鴉片煙癮的人，日本來台第二年就公布台灣公醫規則，從日本招聘醫生到各村庄擔任公醫，上圖即爲政府頒發的公醫勳章。但公醫的任務不只在鴉片上，政府希望用公醫取代原來傳教士在台灣扮演的醫療衛生角色，他們和警察一起擔負村庄的衛生和醫療，執行第一線的公共衛生任務。公醫主要負責該地傳染病的預防、種牛痘、水道的清潔、環境消毒、驗屍等工作。

好事家作爲宣傳羽翼。他的宣傳不止這二、三種，他若有私事外出也不忘宣傳，一定抱著出診的皮包來虛張聲勢。所以，他的開水特別好賣。

錢新發最關心注意的是什麼呢？就是銀行存款摺，存款自一千元到了二千元，二千元不覺又到三千元，日日都增加了，他心裡也是日日增加了喜歡，盤算著什麼時候才能夠得到上萬元。預算已定，愈加努力越發對患者打針獲利。到了一萬元了，他就託仲人買田立業，年年如是。不知不覺他的資產在街坊上也算數一數二的了。

然而，錢新發少時經驗過貧苦，竟養成了一種愛錢癖，往往逾過節約美德的界限外。他干涉他母親的施米，也是這種癖性暴露出來的。雖然如此，他也有一種另外的大方。這是什麼呢？凡有關名譽地位的事，他不惜千金捐款，這樣的捐款也只是爲了業務起見，終不出於自利的打算。所以他博得人們的好評，不知不覺地成爲

地方有力的士紳了。當地的名譽職，被他佔了大半。公醫、矯風會長、協議會員、父兄會長，其他種種名譽的公務上，沒有一處會漏掉他的姓名。所以他的行爲，成爲K街的推動力。他率先躬行，當局也信任他。國語家庭，改姓名，也是以他爲首。

可是，對於「先生媽」總不能如意，他不得不常勸他母親：

「知得時勢者，方爲人上人，在這樣的時勢，阿媽學習日本話好不好？」

愛國儲蓄

在日治後期的戰爭總動員中，提高儲蓄額是重要措施之一。一九三八年，日本政府發起加強愛國儲蓄運動，右圖即是「愛國儲金簿」。剛開始採用鼓勵方式，後來演變成強制儲蓄，總督府定出每個公司、各地方的儲蓄總額，各地再將額度分到每個人頭上，甚至硬性規定民眾除了生活必要開支以外，剩下的收入都要儲蓄。總督府將民眾存在銀行的錢拿去認購日本國債，經由這樣的方式，日本政府取得台灣人民的資金，投入戰事中。

「……」

「我叫金英教你好嗎？」

「蠢極了，那有媳婦教媽媽的！」

「阿媽不喜歡媳婦教你，那麼叫學校裡的陳先生來教妳。」

「愚蠢得很，我的年紀比不得你。你不必煩勞，我在世間不久，也不累你了。」

錢新發沒有法子，不敢再發亂言，徒自增加憂鬱。

錢新發的憂鬱不單這一件。他的母親見客到來，一定要出來客廳應酬。身穿台灣衫褲，說出滿口台灣話來，聲又大，音又高，全是鄉下人的樣子。不論是郡守或是街長來，也不客氣。錢新發每遇官客來到，看了他母親這樣應酬，心中便起不安，暗中祈求「不要說出話，快快進去。」可是，他母親全不應他的祈求，仍然在客廳上與客談話，大聲響氣，統統用台灣話。錢新發氣得沒話可說，只在心中痛苦，錢家是日本語家庭，全家都禁用台灣話。可是先生媽全不懂日本話，在家裡沒有對手談話，因此以出客廳來與客談

話爲快。台灣人來的時候不敢輕看她，所以用台灣話來敘寒暄，先生媽喜歡得好像小孩子一樣。日本人來的時候也對先生媽敘禮，先生媽雖不懂日語，卻含笑用台灣話應酬。錢新發每看見他的母親這樣應酬，忍不住痛苦，感到不快極了。又恐怕因此失了身分，又錯認官客一定會輕侮他。錢新發不單這樣誤會，他對母親身穿的台灣衫褲也惱得厲害。

有一天，錢新發在客人面對說：「母親！客人來了，快快進後堂好。」先生媽聽了，立刻發怒，大聲道：「又說蠢話，客人來，客人來，你把我看做眼中釘，退後，退到那裡去？這不是我家嗎？」

罵得錢新發沒臉可見人，臉紅了一陣又一陣，地若有孔，就要鑽入去了。從此以後，錢新發斷然不敢干涉母親出客廳來。但心中常常恐怕因此失了社會的地位，丟了自己的面子，煩惱得很。

錢新發，當局來推薦日本語家庭的時候，他以自欺欺人的態度對調查員說他母親多少曉得日本話應酬，所以能得通過了。錢新發已被列爲日本語家庭，而對此感到無上光榮。馬上改造房子，變成日本式的。設備新的榻榻米和紙門，採光又好，任誰看到也要稱讚的。可是這樣純粹日本式的生活，不到十日，又惹了先生媽發怒。先生媽根本不喜歡吃早餐的「味噌汁」，但得忍著吃，也忍不住在日本草蓆上打坐的苦楚。先生媽吃飯的時候，在榻榻米上強將發硬的腳屈了坐下，坐得又痛又麻，飯也吞不下喉，沒到十分鐘，就痲得不得站起來了。

先生媽又有一個習慣，每日一定要午睡。日本房子

日式住宅空間

日治時期，日本政府蓋了許多日式官舍建築給日本來台官員居住，將日式建築引進台灣。對台灣人來說，日式房屋在居住文化上最大的差異，就是日式房屋的地板是抬高的，要脫鞋才能進入室內。室內地板鋪榻榻米，同一個空間，白天放墊子、矮腳桌就是客廳，晚上把棉被拿出來鋪好就成了臥室，家具極爲簡單。各個空間則用推拉的紙門隔開，可打開紙門成爲一大間，也可隔開成小間使用。通常房間面庭院側的紙門拉開後，可觀賞到庭院景色，紙門外平台常鋪設木地板，當外牆的落地窗打開時，就成爲戶外休憩空間。

要掛蚊帳，蚊帳又大，不但難掛，又要晝晚掛兩次，惱得先生媽滿腔鬱塞。這樣生活到第九天晚飯的時候，桌上佳味，使她吃得久，先生媽腳子麻得不能動，按摩也沒有效。錢新發沒可奈何，不得不把膳堂和母親的房子仍然修繕如舊。錢新發敢怒不敢言，沒有法子，只在暗中嘆氣。他一想起他的母親，心中被陰雲遮了一片。想要積極的進行自己的主張，又難免與母親衝突。他的母親頑固得很，錢新發怎樣憔悴，怎樣侷促，也難改變他母親的性情。若要強行，一定

受他母親打罵。不能使母親覺悟，就不能實現自己的主張。雖然如此，錢新發並不放棄自己的主張，在能實現的範圍內就來實現，不肯落人之後。台灣人改姓名也是他爲首。日本政府許可台灣人改姓名的時候，他爭先恐後，把姓名改爲金井新助。馬上掛起新的名牌，同時家族開始了穿「和服」的生活。連他年久愛用的公醫服也丟開不問。同時又建築純日本式的房子。這個房子落成的時候，他喜歡極了，要照相作紀念。他又想要母親穿和服，奈何先生媽始終不肯穿，只好仍然穿了台灣服拍照。金井新助心中存了玉石同架的遺憾，但他不敢說出來，只得自惱自氣著。然而先生媽拍照後，不知何故，將當時準備好的和服，用菜刀亂砍斷了。傍人嚇得大驚，以爲先生媽一定是發了狂了。

「留著這樣的東西，我死的時候，恐怕有人給我穿上了，若是穿上這樣的東西，我也沒有面子去見祖宗。」說了又砍，砍得零零碎碎的，傍人纔了解先生媽的心事，也爲她的直腸子感動了。

全面日本化：皇民化運動

從治台第二年開始，日本就在台灣實行「國語」教育，也就是日語教育，對台灣人施行「同化政策」。在同化政策裡面，包含兩大類內容，一類是同化於文明，也就是吸收西方文明思想；一類是同化於日本民族，也就是在文化、精神上變成日本人。「同化」是日本統治台灣的大原則，但是怎麼達到這個目的，卻有不同的爭論。在統治初期，採取日台差別待遇的方式，認爲應該先提升台灣人的程度，往同化目標邁進。這時，台灣人要求政府實行眞的「同化」，其實是要求統治者取消不同待遇的歧視，要和日人平起平坐。

愛國行進曲
（一）
見よ東海の空明けて
旭日高く輝けば
天地の生氣溌剌と
希望は躍る大八州
（二）
おゝ、清朗の朝雲に
聳ゆる富士の姿こそ
金甌無缺揺ぎなき
我が日本の誇なれ
（三）
起て一系の大君を
光と永久に戴きて
臣民我等皆共に

皇民化運動啓動

皇民就是日本天皇的子民之意。皇民化運動仍然是同化政策的一環，不一樣的是，把同化政策中的「同化於日本民族」無限擴大，成爲統治的重心。這樣極端的變化正式開始於一九三七年，這一年日本發動七七事變，將二次世界大戰的戰場擴大到中國。戰爭的開打使日本需要更多軍力，爲了徵召台灣人當兵，日本人必須加速確定台灣人對日本的效忠和認同，於是在台灣全面啓動強迫日本化的皇民化運動。上圖即爲鼓勵上戰場的愛國歌曲文宣。

國語運動

同化政策中，日政府強力推銷日語，先是全面取消學校裡的漢文科，禁止報紙的漢文欄，阻斷台灣人學習、發表漢文的管道。由台北開始，各地方紛紛實行「國語家庭」制度，只要家裡的人全部都說日語，就可以向當地政府申請，通過之後可以得到認定證書（左圖）、獎章，和掛在門口的國語家庭門標（右圖）。政府提供各種實質優惠給國語家庭，如優先錄取公職、優先取得營業執照、學童優先進入學校就讀，甚至後期物資缺乏時，可以優先得到物資的配給。

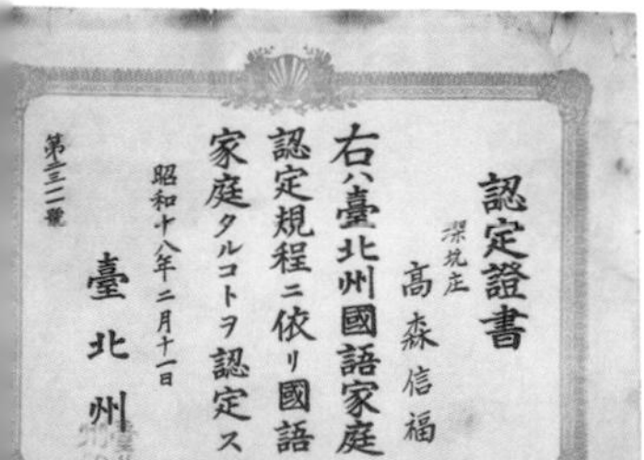
認定證書

深坑庄 高森信福

右ハ臺北州國語家庭認定規程ニ依リ國語家庭タルコトヲ認定ス

昭和十八年二月十一日

臺北州

第三三二號

國語の家
臺中州

改姓名

國語運動後，改姓名運動在一九四〇年展開。台灣總督府修改戶口規則，開放台灣人申請將姓名改為日本姓名，爲了避免隨意改姓引起血統的混亂，日人規定必須全家一起改，由戶長提出申請。表面上雖是自願申請，但日人官員積極勸說仕紳名人、國語家庭去申請改名，實際上帶有強迫意味。又如著名作曲者鄧雨賢此時就被迫改用唐崎夜雨爲筆名發表作品（下圖）。改姓名牽涉祖宗家族的根本，因此日人雖極力鼓吹，申請的人仍然不多，實施三年後普及率也只有百分之二。

信仰和生活的日本化

皇民化運動意圖徹底的日本化，消滅台灣人傳統的風俗信仰，就成爲重要的手段。比如禁止台灣人過農曆新年，改過日本陽曆新年，還要依照日本習俗過節。爲了擔心台灣人還是偷偷過年，日人還故意在農曆新年期間強迫民眾參加勞動服務。台灣地方的行政機關發起各種消滅傳統的活動，比如：「正廳改善」，勸導台灣人將正廳奉祀的神佛祖先改爲日本神，並且發動燒毀寺廟神佛像，要求民眾到神社（上圖）參拜，試圖將台灣人從家中到寺廟，都改爲日本神道信仰。

實施志願兵

日人治台的前四十年間，雖宣稱同化，卻一直沒把台灣人當成日本人，不放心台灣人上戰場爲日本效命。但是和中國開戰後，戰場上又需要大量人力，日本不得不開始勸導台灣人擔任軍伕，從事翻譯、軍醫，和各種粗重的挖壕溝、搬運工作，但仍然不讓台灣人當正式軍人。一九四一年，在實施皇民化運動四年後，台灣總督府宣布實施志願兵制度，召募台灣人當正式的軍人，圖即志願軍出征前的留影與出征行影。

祝志願軍夫彭金泉君出征記念

當地第一次改姓名的只有兩位：一位是金井新助，一位是大山金吉，大山金吉也是地方的有力者，又是富家。這兩個人常常共處，研究日本生活，實現日本精神。大山金吉沒有老人阻礙，萬事如意。金井新助看了大山金吉改善得快，又恐怕落後，焦慮得很，無意中想起母親的頑固起來，惱得心酸。

第二次當局又發表了改姓名的名單，當地又有四、五個，總算是第二流的家庭。金井新助看了新聞，眉皺頭昏，感覺得自尊心崩了一角，他的優越感也被大

決戰文學

文學是宣傳皇民精神的重要媒介，因而成為政府首要控制對象。一九四〇年開始，當局發動文學界成立響應戰爭體制的團體，例如由日人作家西川滿創立的台灣文藝家協會等，與此同時，政府在總督府、各級地方政府同時設立奉公會，並且發動民間成立奉公組織，要全台灣人為戰爭搖旗吶喊。文學自然也無法倖免，在全台響徹「決戰」的口號聲中，台灣文學奉公會成立，收編《文藝台灣》（左圖書影）、《台灣文學》雜誌，並舉行「台灣決戰文學會議」，動員台灣文學家宣傳皇民精神。

風搖動一樣，急急用電話來連絡同志。須臾，大山金吉穿了新縫的和服，手拏一枝黃柿杖了，足登著一雙桐屐得得地來到客廳。

「大山君，你看了新聞嗎？」

「沒有，今天有什麼東西發表了？」

「千載奇聞。賴良馬改了姓名，不知道他們有什麼資格呢？」

「唔！豈有此理……呵呵！徐發新，管仲山，賴良馬……同是鼠輩。這般猴頭老鼠耳，也想學人了。」

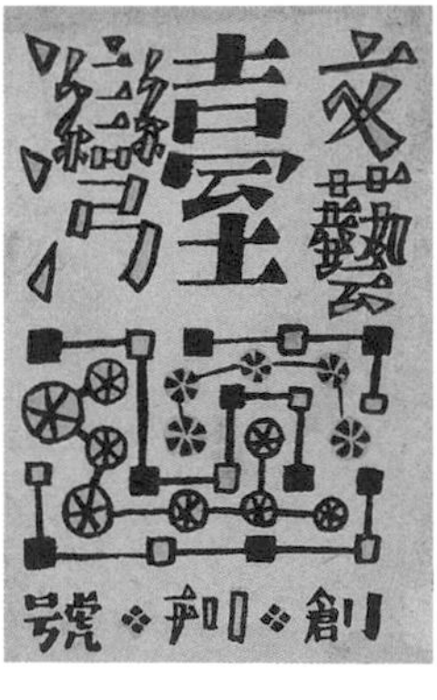

厚生醫

金井新助忽然拍案怒吼：「學人不學人，第一沒有『國語家庭化』，又沒有榻榻米，並且連『風呂』（日本

浴桶）也沒有。」

「這樣的猴子徒知學人，都是ス フ」（原文Stople Fiber 人造纖維，非眞貨之意。）

「唔！」

「當局也太不愼重了。」

二人說了，憤慨不已。沉痛許久，說不出話來。金井新助不得已，亂抽香煙，將香煙和嘆氣一齊吐出來，大山金吉弄著杖子不禁憂鬱自嘲地說：「任他去。」說罷嘆出一口氣來，就將話題換過。

「我又買了一個茶櫥子，全身是黑檀做的，我想鄉下的日本人都沒有。」

「日後借我觀摩。我也買了一個日本琴，老桐樹做的。這桐樹是五、六百年的。你猜一猜值多少錢呢……花了一千兩百塊錢呢。」

大山金吉聽見這話，就上去看裝飾在「床間」的日本琴，拏來看，拏來彈。

郡守移交的時候，新郡守到地方來巡視。適逢街長不在，「助役」代理街長報告街政大概。接見式後，新郡守就與街上的士紳談話，金井新助也在座。他身穿新縫的和服，這和服是大島綢做的，風儀甚好，一見誰也認不出他是台灣人。新郡守是健談的人，態度慇懃，問長問短。這時候，助役一一介紹士紳，不意中說出金井新助的舊姓名。新助聽了，變了臉色，紅了一陣又一陣，心中叫道：「助役可惡。」他的憎惡感情渤渤湧起來了，同坐的士紳沒有一個知道他的心事。他用全

身之力壓下自己的感情，隨後又想到他在職業上與助役抗爭不利，不如付之一笑，主張已定，仍然笑咪咪的，裝成謙讓的態度談話。助役雖然又介紹金井氏的好處，然而終難消除他心裡被助役污辱了的感情。

第三次改姓名發表了，他比從前愈加憂鬱。人又多，質又劣，氣成如啞子一樣，說不出來的苦。不久又發表了第四次改姓名，他看了新聞，站不得，坐不得。只得信步走出，走到大山氏家裡。看到大山氏放聲叫道：「大山

斷髮

清代男性的制式髮型是留著如右圖的長辮，這種髮型在台灣人與西方人接觸時，顯得十分怪異。日治初期，與西方人較有接觸的知識分子開始推動斷髮，但尚未普及。直到一九一〇年代，新觀念逐漸普及，加上革命中的中國知識分子，同樣推行斷髮運動，這樣的潮流趨勢更鼓舞了台灣。從學校開始，斷髮運動大爲盛行，幾年後，台灣男性已經大部分都剪成像左圖一樣的清爽短髮了。

君，千古所未聞，從沒有這樣古怪。連剃頭的也改了姓名。」大山金吉把金井拿的新聞看了，啞然連聲都喘不出，半晌，只吐出一冂大氣。金井新助禁不得性急，破口罵出台灣話來：「下流十八等也改姓名。」他想，改姓名就是台灣人無上的光榮，家庭同日本人的一樣，沒有遜色。一旦改了姓名，和日本人一樣，絲毫無差。然而剃頭的，補皮鞋的，吹笛賣藝的也改了姓名。他迄今的努力，終歸水泡，覺得身分一瀉千里，如墜泥濘中，竟沒有法子可拔。他沉痛許久，自暴自棄地向大山氏說：

「衰，最衰，全然依靠不得，早知這樣……」不知不覺地吐出眞言。他的心中恰似士紳的社交場，突然被襤褸的乞丐闖入來一樣了。

有一天，國民學校校庭上，金井良吉與石田三郎，走得太快了，突然相碰撞，良吉馬上握起拳頭，不分皀白向三郎打下去。三郎嚇道：

「食人饐子，我家也改了姓名。不怕你的。」

喝著立刻向前還手。

良吉應聲道：

「你改的姓名是スフ。」

三郎也不讓他，罵道：

「你的正正是スフ。」

罵了，二人亂打一場。

三郎力大，不一會良吉被三郎推倒在地。三郎騎在良吉身上亂打，適逢同校六年級的同學看到，大聲嚇道：「學校不是打架地方。」說罷用力推開。良吉乍啼乍罵：「莫迦野郎，沒有日本浴桶也改姓名，眞眞是スフ。」

「你有本事再來。」

二人罵了，怒目睜睜，又向前欲打，早被六年級的學生阻止不能動手。良吉的恨不得消處，大聲罵道：「我的父親講過剃頭的是下流十八等，下流，下流，下流末節，看你下流！」良吉且罵且去了。

金井良吉是公醫先生的小相公。石田三郎是剃頭店的兒子。這兩個是國民學校三年級的同學，這事情發生後的二三日，剃頭店的剃頭婆，偷偷來訪問先生媽。

「老太太，我告訴你，學校裡你的小賢孫，開口就罵，下流，スフ，スフ，想我家的小兒，沒有面子見人。老太太對先生說知好不好？」

剃頭婆低言細語，託了先生媽歸去。

晚飯後，金井新助的家庭，以他夫婦倆爲中心，一家團聚和樂爲習。大相公、小姐、太太、護士、藥局生等，個個也在這個時候消遣。到了這時候，金井新助得意揚揚，提起日本精神來講，洗臉怎樣，喫茶、走路、應酬作法，這樣使不得，一一舉例，說得明明白白，有頭有尾，指導大家做日本人。金井先生說過之後，太太繼續提起日本琴的好處，插花道之難，且講且誇自己的精通。藥局生最喜歡電影，也常常提起電影的趣味來講。大學畢業的長男，懂得一點英語，常常說的半懂不懂的話來。大家說了話，小姐就拿日本琴來彈，彈得叮叮噹噹。最後大家一齊同唱日本歌謠。此時護士的聲音最高最亮。這樣的娛樂每夜不缺。

獨有先生媽，絕不參加，吃飯後，只在自己房裡，冷冷淡淡，有時蚊子咬腳。到了冬天也沒有爐子，只在床裡，憑著床屏，孤孤單單拏被來蓋腳忍寒。她也偶然到娛樂室去看看，大家說日本語。她聽不懂，感不到什麼趣味，只聽見吵吵嚷嚷，他們在那裡做什麼是不知道的。所以吃完飯，獨自到房間去。然而聽了剃頭婆的話，這夜飯後她不回去房間裡。等大家齊集了，先生媽大聲喝道：

「新發，你教良吉罵剃頭店下流是什麼道理？」

剃頭店

今天的理髮院、美容院，舊時稱爲剃頭店。今日從事剪髮工作的是專業的設計師，但往昔社會對這行業卻十分輕視，從古早的俗話「第一衰，剃頭、吹鼓吹」可見一斑。清代台灣的剃頭師傅就像左上圖，挑著一個剃頭擔，走到哪裡剃到哪裡。日治時期，西式理髮進入台灣，有志從事理髮業的人可以到理髮學校修習理髮課程，學習包括生理解剖學、頭部構造、消毒方法等。左下圖的新式剃頭店於是在台灣出現，店裡有溫水可以洗頭，師傅拿著剃刀、剪刀，細心的幫客人修剪頭髮、鬍鬚、指甲、掏耳朵。

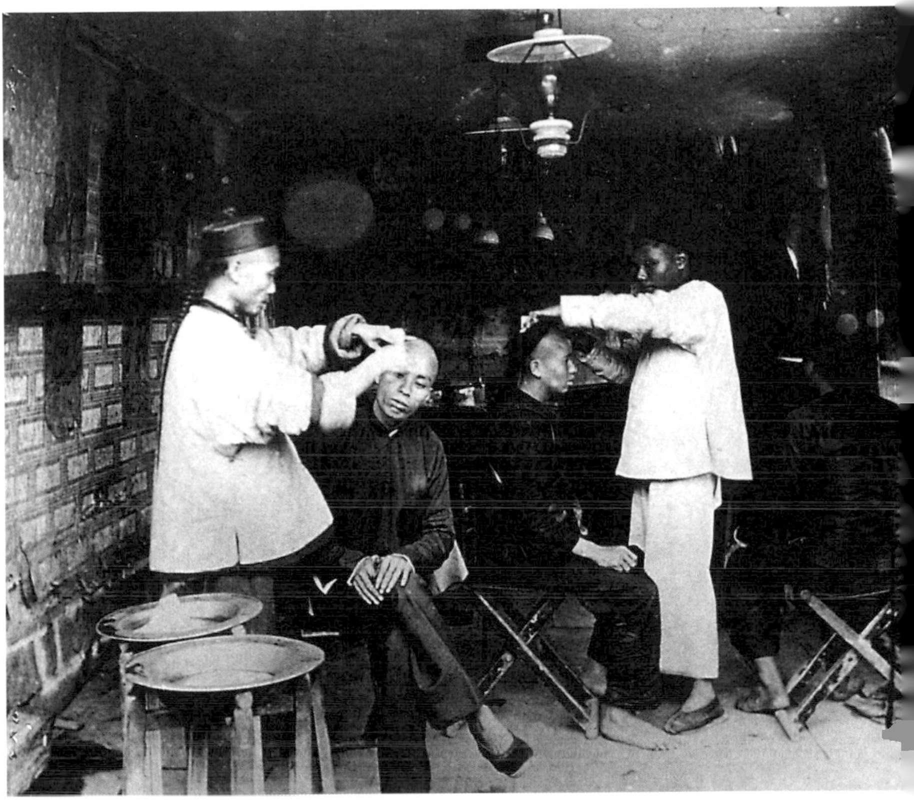

新助吞吞吐吐，勉勉強強的辯解了一番；然而先生媽搖頭不信，指出良吉在學校打架的事實來證明。說明後就罵，罵後就講。

「從前的事，你們不知道，你的父親做過苦力，也做過轎夫，你罵剃頭是下流，轎夫是什麼東西哪？」

大聲教訓，新助此時也有點覺悟了，只有唯唯而已。

但是過了數日，仍然是木偶兒一樣，從前的感情又來支配他一切。

十五日早晨，先生媽輕輕地咳嗽，要去廟裡燒香。

老乞丐仍在後門等候，見了先生媽，吃了一驚，慌忙問道：

「先生媽，元氣差多了，不知什麼地方不好？」

先生媽全不介意，馬馬虎虎應道：

「年紀老了。」

說了就拏出錢來給乞丐。

次日先生媽坐臥不安，竟成病了。病勢逐日加重。

雖也有進有退，藥也不能醫眞病。

老乞丐全不知此事，到了來月十五日，仍在後門等候。然而沒有人出來，乞丐愈等愈不安，翹首望內，全不知消息。日將臨午，丫頭才出來。

「先生媽病了，忘記今天是十五日，方纔想起，吩咐我拏這個錢來給你。」

說罷將二十元交給乞丐就要走。乞丐接到一看，平常是伍元，頓覺先生媽病情不好，馬上向丫頭哀求著要看先生媽一面。丫頭就憐乞丐的心情，將他偷偷帶進去。乞丐恭恭敬敬地站在先生媽的床頭。先生媽看乞丐來了，就將瘦弱不支之身軀用全身的力氣撐起來坐。

「我想不能再見了，來得好，來得最好。」

說罷喜歡極了，請乞丐坐。乞丐自覺衣服襤褸，不敢坐上漆光潔亮的凳子，謙讓了幾次，然而先生媽強勸他坐，乞丐不得不坐下。先生媽才安心和乞丐開談，談得很愉快，好像遇到知己一樣，心事全拋。談到最後……

「老哥，我在世一定不長久了。沒有什麼所望的，但想再吃一次油條，死也甘心。」

先生媽想起在貧苦時代吃的油條的香味，再想吃一次。叫新助買，他又不買，因爲新助是日本語家庭，吃味噌汁，不吃油條的。

次日乞丐買了油條，偷偷送來。先生媽拏油條吃得很快樂，嚼得很有味，連讚數聲好吃。「老哥，你也知道的，我從前貧苦得很，我的丈夫做苦力，我也每夜織帽子到三更。吃番薯簽過的日子也有。我想那個時候，比現在還快活。有錢有什麼用？有兒子不必歡

織帽子

台灣的織帽是用藺草來編織，清末台灣生產的藺草席已是朝貢的貢品。日本治台後，看準藺草編織品的潛力，發展出帽子等新商品，鼓勵苑裡、大甲等地成立公司與同業公會，經由大阪博覽會的展示機會向歐美推銷成功，台灣帽子一舉成爲重要外銷商品，盛極一時。左圖即爲當時台灣帽子的外銷廣告和櫥窗展示品。當時生產地的居民幾乎都投入了這個行業。織帽在家庭中就可以進行，因此成爲當地婦女貼補家用的重要來源。直到中日戰爭爆發，海運受阻，帽席出口產業受到嚴重打擊，至戰爭結束才又展開新的發展。

喜，大學畢業的也是個沒有用的東西。」

先生媽說了，嘆出氣來。乞丐聽得心酸。先生媽感到淒涼的半生，一齊湧上心頭，不禁淚下。乞丐憐憫地，安慰她道：

「先生媽不必傷心，一定會好的。」

「好，好不得，好了有何用呢？」

先生媽自嘲自語，語罷找了枕頭下的錢，拏來給乞丐。乞丐去後，先生媽叫新助到面前，囑咐死後的事。

「我不曉得日本話，死了以後，不可用日本和尚。」

囑咐了一番。

到了第三天病狀急變，先生媽忽然逝去。然而新助是矯風會長，他不依遺囑，葬式不用台灣和尚，依新式舉行。會葬者甚眾，郡守、街長，街中的有力者沒有一個不到來。然而這盛大的葬式裡，沒有一個痛惜先生媽，連新助自己也不感悲傷，葬式不過是一種事務而已。雖然這樣，其中也有一個人眞心悲痛的，這就是老乞丐。出喪當日，他不敢近前，在後邊遙望先

生媽的靈柩而啼哭。從此以後每到十五日，老乞丐一定備辦香紙，到先生媽的墳前燒香。燒了香，老乞丐看到香煙繚繞，不覺凄然下淚，歎一口氣說：

「呀！先生媽，你也和我一樣了。」

原刊一九四五年《新生報》

矯風會

日治時期知識分子吸收當時西方最新的思潮，期望將台灣改造爲進步、文明的社會。因此，他們成立「風俗改良會」、「矯風會」，大聲呼籲打破迷信、提倡文化的改良運動，尤其台灣社會中違反現代平等、人權的觀念的傳統風俗，更是首要的改革對象。日治台初期，總督府列出台灣人三大陋習：抽鴉片（右圖）、纏足、辮髮，同樣也是台人知識分子極力主張改良的舊俗。

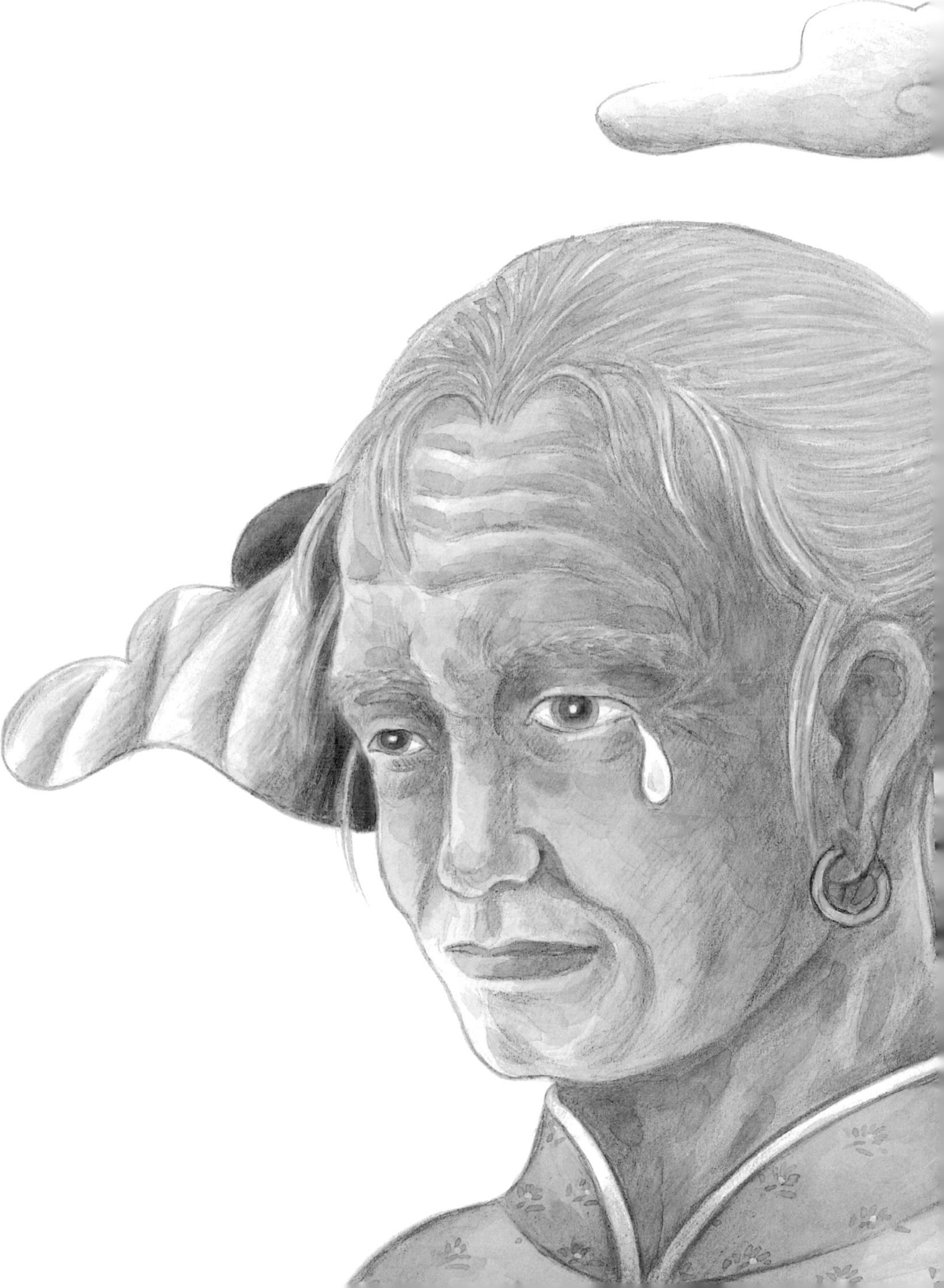

吳濁流創作大事記

一九二二年　發表論文〈論學校教育與自治〉於新竹教育課募集論文集。
一九二六年　參發表論文〈對會話教授的研究〉於新竹州主辦的教育研究會。
一九三六年　發表〈海月〉、〈筆尖的水滴〉（《台灣新文學》）。〈泥沼中的金鯉魚〉獲《台灣新文學》徵文比賽首獎。
一九三七年　發表〈歸兮自然〉（《台灣新文學》）。發表〈下學年數學教授的研究〉於新竹州主辦的教育研究會。寫作小說〈功狗〉、〈五百錢之蕃薯〉。
同年並發表研究論文〈下學年數學教授的研究〉於新竹州主辦的教育研究會。
一九四二年　發表遊記〈南京雜感〉，於《台灣藝術》連載。
一九四三年　開始寫作長篇日文小說《胡志明》（後改爲《胡太明》，又改爲《亞細亞的孤兒》）。
一九四四年　開始寫作〈陳大人〉、〈先生媽〉。
一九四六年　出版日文版《胡志明》（第一到三篇國華書局，第四篇台北民報總社）。發表〈陳大人〉（《新新雜誌》）、〈先生媽〉（《民生報》）。
一九四七年　寫作隨筆〈黎明前的台灣〉、〈孤寂的夜〉。
一九四八年　開始寫作〈泥濘〉。出版日文小說《波茨坦科長》（學友書局）。發表〈台灣文學的現況〉（日本《雄雞通信》）。
一九四九年　寫作日文〈書呆子的夢〉。出版漢詩《藍園集》（新才書局）。
一九五〇年〈泥濘〉完稿。寫作日文小說〈友愛〉。

一九五四年　發表評論〈新文學運動的氛圍〉（《台北文物》）。

一九五五年　寫作〈狡猿〉。

一九五六年〈胡太明〉改名《亞細亞的孤兒》（日本一二三書房），在日本出版。完成小說〈狡猿〉。

一九五七年　寫作漢詩〈東遊吟草〉一〇二首。

一九五八年　寫作〈銅臭〉、〈閒愁〉。出版漢詩集《風雨窗前》（文獻書局）。

一九五九年　翻譯〈書呆子的夢〉爲中文。〈亞細亞的孤兒〉楊召憩譯的中譯版《孤帆——亞細亞的孤兒》（黃河出版社）出版。

一九六〇年　寫作小說〈三八淚〉、散文〈仰看青天〉。

一九六一年　寫作散文〈有關文化的雜感一二〉。

一九六二年　寫作漢詩〈芳草夢〉一二二首。〈亞細亞的孤兒〉傅恩榮譯的中譯版《亞細亞的孤兒》（南華出版社）出版。

一九六三年　作小說〈老薑更辣〉、散文〈漫談文化沙漠的文化〉。出版漢詩《濁流千草集》、《瘡疤集》（集文書局）。

一九六四年　成立台灣文藝雜誌社，發行《台灣文藝》。在《台灣文藝》發表散文〈台灣文藝雜誌的產生〉、論文〈漢詩必須革新〉（創刊號）；散文〈歷史有很多漏洞〉、〈給有心人的一封信〉（第二期），散文〈關於漢詩壇的幾個問題〉、〈意外的意外〉和〈覆鍾肇政的一封信〉（第三期）；散文〈漫談台灣文藝的使命〉、〈一場虛驚〉、〈惜哉台灣文藝月刊〉（第四期）；散文〈傳記小說不振的原因〉（第五期）。

一九六五年　寫作〈再東遊吟草〉一二〇首及〈東遊雜感〉。在《台灣文藝》發表散文〈我辦台灣文藝及對台灣文學獎的感想〉（第六期）；小說〈幕後的支配者〉、散文〈爲自由詩壇說幾句話〉、新詩〈萬國文藝攤的拍賣〉（第七期）；小說〈很多矛盾〉、論文〈對詩的管見〉（第八期）；小說〈牛都流淚了〉、散文〈要禁得起歷史的批評〉、〈我最景仰的偉人〉（第九期）。寫作散文〈光復二十週年的感想〉、〈忘卻歌唱的金絲雀〉和〈急流勇退〉。發表散文〈回憶我的第二故鄉〉（西湖國校五十週年紀念冊）。

一九六六年　出版《吳濁流選集》小說（廣鴻文出版社）。在《台灣文藝》發表評論〈評魏畹枝的「對象」〉（第十期）；散文〈我的批評〉、〈兩年來的苦悶〉、〈悼江肖梅〉（第十一期）；遊記〈遊鸕鶿潭記〉（第十二期）。發表漢詩〈再東遊吟草〉。發表遊記〈東遊雜感〉。

一九六七年　完成日文小說〈路迢迢〉、中文回憶錄《無花果》。出版《吳濁流選集》漢詩隨筆（廣鴻文出版社）。發表散文〈懷念吳新榮君〉（《台灣文藝》第十六期）。

一九六八年　發表散文〈爲臺灣文藝講幾句閒話〉（《台灣文藝》第十八期）；小說〈無花果〉和遊記〈談西說東〉（連載於第十九到廿一期）。

一九六九年　成立吳濁流文學獎基金會，所設的台灣文學獎、吳濁流文學獎鼓勵了無數文學後進。發表散文〈我設文學獎的動機〉（《台灣文藝》第廿五期）。出版遊記《談西說東》（台灣文藝雜誌社）。

一九七〇年　出版《無花果》（林白出版社）。在《台灣文藝》發表散文〈回憶大同〉（第廿六期）、〈看雞栖王的作風〉（第廿七期）；〈素富貴行乎富貴〉（第廿八期）；〈回憶五湖〉、〈川端康成的弦外之音〉（第廿九期）；論文〈再論中國的詩—詩魂醒吧〉（第三十期）；散文〈羅福星的詩與人〉（卅三期）。寫作散文〈回憶五十年前的母校〉和〈回憶母校的今昔感〉。

一九七一年 出版《泥濘》（林白出版社）、《晚香》（台灣文藝雜誌社）。在《台灣文藝》發表散文〈贅言〉（第卅一期）；散文〈設新詩獎及漢詩獎的動機〉（第卅二期）；遊記〈東遊雅趣〉（第卅二、卅三期）。發表日文〈別人無份的世界猶之乎熄火山〉（日本奉仕經濟新報）。

一九七二年 寫作〈台灣連翹〉。發表遊記〈東南亞漫遊記〉、散文〈既到臨崖返轡難〉（第卅五期）。寫作遊記〈遊五指山記〉、七絕〈晚霞〉一〇一首。寫中文〈別人無份的世界猶之乎熄火山〉（《台灣文藝》第三十四期）。

一九七三年 發表〈台灣連翹〉，連載於《台灣文藝》。出版漢詩總集《濁流詩草》（台灣文藝雜誌社）。

一九七五年 出版《泥沼中的金鯉魚》（大行出版社）。

一九七六年 在《台灣文藝》發表發表散文〈大地回春〉、遊記〈印澳紐遊記〉、〈非印遊記〉和散文〈北埔事件抗日烈士蔡清琳〉（第五十到五三期）。病逝。

對比與諷刺

〈先生媽〉這篇小說寫主角「先生媽」與兒子錢新發，面對日據末期的皇民化運動有截然不同的表現。先生媽不願改變台灣式的語言文化社會習慣，兒子卻積極配合皇民化政策，完全的日本化。寫出兩個不同文化與意識型態的對立與衝突。

小說篇名及主角是先生媽，但作者要批判的卻是醫師。客家話對教師及醫師，皆稱爲「先生」，醫師的母親或老婆，則稱「先生娘」。「先生媽」只是文字上的意譯，平常客語並不如此稱呼。所以有人說篇名用「先生媽」（唸去聲），其實是「罵先生」，因爲兒子背棄了台灣意識而認同外來日本政權的行徑，而小說裡的確也有好幾處母親「痛罵」兒子的場面，題目有一語雙關的意味。

小說內容寫諂諛僞善的醫師錢新發，他的名字和他的人一樣，向「錢」看齊，追求發財致富。他原出身於窮困家庭，飽受別人的嘲弄。自醫學院畢業後，娶了富家女爲妻，女方幫他開業行醫，從此一帆風順，成爲地方士紳。但

是他貪婪成性，為了更富有，他用宣傳的方法來吸引病患求診，同時以甜言蜜語跟和善的態度來恐嚇病人，以便替病人多打幾針而收取較高的診療費。有錢之後的錢新發，自大自傲的劣根性也出現了，他對乞丐毫無憐憫之心，對下人兇狠輕慢，對其他勞動階層的人也嗤之以鼻。他不顧母親心意，擅改為「國語」家庭，甚至改成日本姓名。這一篇小說讀過令人念念不忘，可歸諸於小說幾個寫作技巧：

一、擅長用對比手法：先生媽是一位喜歡穿台灣衫褲、滿口台灣話，絕不學日本語的老太太。慈眉善目的先生媽，有著濃厚的憐憫心，每逢十五便上廟燒香，十年如一日地接濟乞丐，而兒子錢新發卻愛錢如命，吝嗇刻薄。先生媽喜歡吃油條，討厭吃味噌，臨死時，特別囑咐兒子「我不曉得日本話，死了以後，不可用日本和尚」，有日本官員來時，錢新發要他母親退到後堂，不要出來。先生媽偏偏「打死不退」。她堅守做台灣人的本色，此舉和她那當公醫的兒子錢新發相較，適成好惡分明的強烈對比。錢新發一心想做日本人，他搶先改姓名為「金井新助」、穿和服、說日本話、住和式房，後來改姓名的人逐漸多起來時，他大發雷霆，說他們不配。錢新發要母親穿和服照相，結果先生媽始終不肯穿，仍然穿了台灣服拍照，她還用剪刀將和服撕碎，深怕錢新發在她死了以後讓她穿上，使她無臉見祖宗。這又是多麼尖銳的對比，一個要她穿，一個不但活著時不穿，死了也不願穿，足見母子兩人思想的對立、親情的無奈。總之，他爲了金錢、虛榮，極力響應皇民化，他的行爲與他母親的堅守民族傳統習俗，可說是完全對立的。先生媽是位固守台灣傳統文化的代表，錢新發是個努力要擺脫台灣文化投向日本文化的代表。最後先生媽死去，錢新發也未照她的遺願用台灣式喪禮，而是用了日式的喪禮，這意謂著台灣文化終將保不住，難以逃過皇民化的摧殘侵蝕，道出吳濁流當時內心的無奈。

二、以幽默諷刺手法，凸顯錢醫師的可笑及台日文化的衝突。吳濁流給男主角取的名字：別的不姓卻姓錢，又叫「新發」，作者對爲富不仁、走狗成性的人，很清楚的加以批判。然而，閱讀〈先生媽〉如只看到這一層「譴責小說型」的批判層面是不夠的。有些評論家喜歡用「民族氣節」、「維護民族傳統」來贊揚先生媽，然而吳濁流這篇小說最精彩的地方在於塑造一位熱中於響應「皇民化」，崇仰日本文化的知識分子與他母親的衝突。作者捕捉住殖民地人民在接受殖民者文化時，因接受程度的深淺不同（錢新發是受完整日本教育長大的，先生媽受漢文化的影響較深），所產生的迎拒也不同，在迎與拒之間，顯然南轅北轍，所以抗拒衝突的力道極強，人與人之間因這摩擦而產生的痛苦也讓人憐憫，吳濁流透過小說很生動地傳達出來。

三、先生媽的人物形象鮮活生動。先生媽雖然年紀老大卻相當固守原則，以致強悍有力，絕非畏縮退怯的瘦弱老婦人。錢新發不肯施捨貧人，她用乞丐的杖子亂打一頓並痛罵兒子走狗成性，她用剪刀將和服撕碎等等，都是非常強烈的反應，但儘管在是在罵人，卻也叫讀者覺得十分痛快。擴大來說，作者其實是透過先生媽的嘴，借機痛罵趨炎附勢、走狗成性的敗類。

最後我們看到乞丐的哭泣，他不是因爲失去每月兩斗米的接濟而哭，他耐人尋味地說了一句：「先生媽，你也和我一樣了。」作者以這句神來之筆結束小說，可說餘味無窮，哪裡「一樣」呢？讀者不妨仔細想想。

國家圖書館出版品預行編目資料

先生媽 / 吳濁流文；官月淑圖.
—— 初版. ——臺北市：遠流，2006
[民95]
面； 公分. ——（臺灣小說. 青春讀本；6
）

ISBN 957-32-5714-9（平裝）

850.3257 94026472